벼랑 덩굴손

송선영宋船影

1936년 전남 광주 출생
1956년 광주사범학교 졸업(이후 1999년까지 초등 교직에 종사)
1959년 〈한국일보〉 신춘문예(「休戰線」), 〈경향신문〉 신춘문예(「雪夜」) 당선
시조집으로『겨울 비망록』(1979)『두 번째 겨울』(1986)『어떤 묵비명』(1990)『활
터에서』(1997)『휘파람새에 관하여』(2001)『꿈꾸는 숫돌』(2003)『원촌리의 눈』
(2005)『쓸쓸한 절창』(2007)이 있으며, 전라남도문화상(1974), 노산문학상(1979),
국민훈장 석류장(1980), 가람시조문학상(1987), 중앙시조대상(1991), 월하문학
상(1996), 고산문학대상(2007), 조운문학상(2017) 등을 받았음

벼랑 덩굴손

—

초판 1쇄   2017년 3월 2일
지은이   송선영
펴낸이   김영재
펴낸곳   책만드는집

—

주소   서울 마포구 양화로3길 99 4층 (04022)
전화   3142-1585·6
팩스   336-8908
전자우편   chaekjip@naver.com
출판등록   1994년 1월 13일 제10-927호
ⓒ 송선영, 2017

ISBN 978-89-7944-606-7 (04810)
ISBN 978-89-7944-513-8 (세트)

한국의 단시조 017

벼랑 덩굴손

송선영 시집

책만드는집

1950년대 후반,
'개천절 백일장' 참가를 위해 처음으로 시조를 써보았다.
헤아려보니 예순 해 전 일이다.
예순 해를 시조와 더불어 걸어온 셈이다.

시조가 없는 나의 생을 생각할 수 있을까.
평생 도반이 된 시조,
물려주신 윗대 어른들께 거듭
머리 숙이고 싶다.

열두 해 만의 단수집이다.
이를 출간하는 데 큰 도움을 주신 이들에게 감사한다.
또한, 김 시인께 오랜만에
'약속'을 지키게 되어 기쁘다.

－2017년 2월

송선영

| 차례 |

1부　단발의 불빛

2부 저 산이 요즘

3부   허연 합장

4부 복판을 새기다

5부   새 떼의 노을

6부 벼룻길 단풍

1부

단발의 불빛

단발斷髮의 불빛

산허리 오두막 한 채, 외눈부처 칩거 중인

덩굴손 섶이 되는
소리 경經 곳집 같은

그 행궁
숨은 불빛 한 소절
보쌈 중이네,
밤안개.

역촌 백목련

파발마 가뭇없는 빈 시절을 지키다가

봄 올 제면 새 등탑 세워 적막도 부시더니

올해는, 웬 머리 푼 기별에

고샅 조화 세운 겨.

외딴섬 동박새

안경 쓴 섬새 하나 동백꽃 뜸 찾아들어

흰 눈 비친 송이들 앞에 고요 경經을 뇌는 중에

웬일로
노란 향香 탁발인가

민낯에 박가분朴家粉이니….

어떤 나이테
-못池

저 못이 제 나이조차 늘 잊고 사는 듯해

빗방울, 골바람이 애써 테를 새겨주지만

까짓것
부질없다며
짐짓 지워온, 천추千秋.

골 깊은 솔숲

초겨울 울울창창 고요 어귀 들어서자

고요, 적나라하게 몸을 열고 지나가는…

전방위
백 년 묵언이여

행간에 흰 음절 몇 점!

흑산黑山 밤 노래

─망향사望鄉詞

난바다 먼산바라기, 달빛 별빛 그을렸을레

무정 천 리 눈귀 흐려 겉살 속살 여위었을레

아, 흑산
목이 휜 메아리

상기도 홀로 사윌레.

벼랑 덩굴손

천산天山 비단길 벼랑 허위단심 톺아 오르는

당초문唐草紋 새 길 열어 사방 소통을 꿈꾸는

숲 이뤄
세상을 품는 아침

예서 제서 금빛 야호!

적막을 새기다

사립을 들어서네, 안산案山 거사居士 헛기침 소리

토방에 올라서네, 만년萬年 학생學生 헛기침 소리

생의 길
노둣돌에 서린

푸른 헛기침 소리.

탁목啄木 1

노목老木이 허리춤 열고 새 한 마리 풀어놓네

노경老境에 제 몸을 헐어 부양하는 그 푸른 새

새 아침
고요의 숲에 들어

면벽하네, 목탁 치네.

탁목啄木 2

숲새, 벼린 부리로 방점 찍어 경經을 읽다

재들의 서역西域인 듯
동굴 들어 경經을 새기다

그 소리
깊은 고요 쪼아
귀 맑은 풀꽃 잠깨다.

박수근의 어린애들
-화집을 펼치며

화백畵伯이
호명한 애,
예서 제서 나타나서

봄 길섶
조선 어머니
휘인 등을 뱌비대고…

불현듯
마음의 뜨락
무순無順으로 넘놀아.

숲길 산책
-축령산에서

편백이 하늘에 그린, 지도에도 없는 해협

멧새 몇이 오면가면 날갯짓해 훔쳐쌓더니

없는 듯
은빛 나룻배 한 척

푸른 해협 건너가네.

풀뿌리의 봄

한껏 고민하고선 물 건너 봄 톺아 온다

무채색 성채 향해 봄 짐짓 유화책有和策이다

몸 낮춰, 제 품속 온유로

경혈經穴 살피며,

훔치며,

어둠을 품다
-달

첫눈 뜬 새내기 달이 껴안은 어둠 한 아름

날마다 마음 문 열어 그 어둠 쓰다듬나니

아무렴,
품을수록 환한 생

아, 할머니 묵언 한 행!

하늘 점묘화

북새 뜬 변방 하늘 겨울새 군단 좀 봐

자율성 날갯짓이여, 화들짝 생을 펼치는

일순에
만 평 화폭이라니

붉은 선지宣紙 점묘라니.

산밭, 봄을 머금다

생의 비알 이랑 이랑 유채색 꿈의 군락

고랑 고랑 팽팽히 휘어 부축하네, 군락의 꿈

밤비에
젖멍울 불렀나

이슬아침 옹알이여.

어떤 교신交信

–참 머흔 시절에

그쪽은
언제 만개야?
목련 가만 웃을 때자

초승달, 서역 길 예다
작심하듯 말을 받네

꽃샘이 심상치 않으니
이녁 만개나
걱정해!

가을 육필肉筆

흰 숲길
온새미 카펫,
센머리 신발을 받쳐

싸목싸목
사박사박
발로 쓰는 고요 심경心經

귀 맑힌
라파엘 바라기,
내리쓰는
심경 몇 장.

숲정이 소견所見

돌아온 뻐꾸기 울음, 감싸 안는
만 평 고요

들꽃 향, 숲 바람 모아 몸 적시는
만 평 고요

고목에
걸터앉은 만월
징 치듯 후리고 있네.

2부

저 산이 요즘

저 산이 요즘

-그 '매몰' 이후

텃새들 메아리 쟁여 깊은 속맛 우려내다

풀벌레 여울 소리로 맑은 향을 빚어내다

여윈잠,
날로 신열 도지나

긴 묵언, 잉걸 빛이니….

산성리 초봄

그루잠 든 고샅길이 뉘 몰래 환해졌네

독거 고뿔이 쏟는 긴 휘모리 몇 굽이에

수척한 돌담 지킴이
서둘러
등불 밝혔네.

가마골

그날, 첩첩산중, 노을 쥔 함성을 듣네

난분분 낙화를 헤쳐, 수상한 일월을 넘어

긴 잠 깬
푸른 소沼의 아침,

태어나는 강 하나.

오포午砲 소리

예닐곱 살 봄 하늘을 매양 적신 오포 소리

그 소리 울릴 때면 문득, 조선의 시장기여

황톳길, 괴나리 언저리
이팝꽃은
피고,
지고….

청산을 새기다

경經처럼 품은 은사恩賜, 청산 고요 한 아름

도회 속 내 작은 보루堡壘, 소리황사 자욱하이

어둔 귀,
어쩌면 좋아?

귀 훔치러 청산 갈 겨!

사람이 떠난 집

-다시, 호박 덩굴

돌담이 빙 둘러서서 십 년 적요寂寥 지키는 집

제 몸 오롯이 풀어 돌담 안팎 감싸던 초록

마침내
온몸이 깡마른 채

깊은 적멸에 들었다.

적설총 積雪塚
─겨울, 빈집의 꿈

은회색
씨암탉 되어
부화를 꿈꾸노니

깊은 밤
뉘도 몰래
곡곡곡哭哭哭, 쪼는 허공

긴 적요
다시금 적실
고고呱呱 한 소절
꿈꾸거니….

들길, 뒷그림자
-날품을 위하여

이마에 새긴 주름, 햇귀로 적시며 가네

이슬아침 무등無等 쪽 향해 긴 그림자 끌고 가네

아니지, 잰걸음 쉬이 쉬이 밀고 가는 그림자여!

벼랑 목숨줄

-고층 청소부

까마득 수직의 벼랑, 동아줄에 몸을 맡긴

목숨 한 점 시계추 되어 이승저승 왕복 중인

마침내, 꿈꾸는 창마다

새물 하늘 집들이!

재 너머 호박꽃

제여곰 초록들이 적요 품은 백 년 돌담

시름이사 하늘에 묻은, 고삽 길손 말벗 삼는,

구름 밑

안다미로 고모,

민낯 같은 꽃인 겨.

겨울 바닥 치기
-반등反騰을 꿈꾸는

날개로,
아무르 손님
살얼음 바닥을 치는

꼬리로,
어판장 새물
한사코 바닥을 치는

세한에
'장금이 골목'* 불빛도
생의 주식도
그리 치는.

* 먹자골목.

오늘도 새봄 찾기

흰 골목
청바지 발품
허연 새벽 열치더니

능선이 어깨로 받친 둥근 장엄에 숨 고르는…

이윽고
두 다리 사이 허공
보랏빛으로 붐비는….

팔베개 시간

−귀휴歸休 시편

들꽃 마을에 드니 그 뉘도 낯가림 안 해

그 숫백성 피 맑아서 뉘게도 눈가림 없어

저 길손
누더기 벗은 채
시름 접고
눈 붙여.

미완성 합장 合掌
－다시, 머나먼 이별

마주한 두 가슴 사이 가로놓인 유리벽 안팎

아득한 이산離散의 아픔, 그 젖은 손 맞대려는…

너와 나,
미완성 합장이여

막차는 시동을 거네.

파안破顔 1
-환향녀 하나

물 건너 산 넘어 변방에 납신 만월이

대처에서 어혈 든 상처, 어여삐 어루만졌네

추슬러
만월 품은 여인

우주가 곧 파안하것다.

섬진강

잠든 강
적막 언저리
새록새록 회춘回春이다

해넘이
산수유 언덕
작은 목로가 환해지고

먼 바다
은빛 새내기
햇꿈 물고 오는 소리.

길, 환해지다

오솔길
지킴이 하나
꽃샘 후 몸을 풀어

빼닮은 송이송이
환히 외길
적시노니

이 길섶
붙박이 이웃도
더불어 생生 설레것다.

목비를 기다리다

-천둥지기 1

못비 오시면 맨발로 못자리논 달려가리

쪽쪽쪽, 하늘 젖줄 빠는 소리로 귀 적시리

천지간
활짝 앙가슴 열쳐

모춤 뿌리리… 들레리.

단비 오시네
－천둥지기 2

워매, 저
초록 백성
처진 어깨 적시는 거

워매, 저
백성 낱낱
한식경 큰절하는 거

저거 봐,
맨몸을 추슬러
만판 초록 현絃 뜯는 거.

3부

허연 합장

허연 합장合掌

입동 밤
이 길손이
손 거푸 모으는 시간

외고니,
만 리 하늘 길
발 모으고 헤쳐 오네

너와 나,
몸에 핀 성에꽃,
하 유정한 천지간.

다시 만난 강

−어떤 귀휴歸休

새 아침 고기 떼 푼 듯 푸른 비늘 붐비더니

날빛에 새 떼 놓은 듯 은빛 날개 부시더니

만 리 밖
만월이 찾아와

긴 갈숲, 난타亂打가 휜다.

만월 1

저 금빛 날갯짓 보게, 미리내 건너가는

둥 둥 둥근 날개로 휘영청 나는 중에

잠 잃은 지상을 살펴

센머리 어루만지는.

원탁의 밤

지상의 둥근 봄밤, 꽃잎 하나 사뿐 내려

등빛을 나누는 자리 합석할 듯 갸웃거리고

별 하나,
제 눈에 잡힌 듯
지상의 밤
내달아.

밤, 물소리
-지리산 깊은 골

좌로
우로
굽잇길 길손
별을 품고 내리닫는

휘모리
장편 완창完唱
생의 풍지風紙 울리는 밤

아래뜸 산수유 일가
골 밝히네
좌로
우로.

곡진曲盡 1
−쌍사자석등雙獅子石燈

빈 성터 두 사자가 오롯이 배를 맞추어

지나새나 한 뱃심으로 장명등 받치고 섰네

팔 한번
못 내린 천추!

화톳불 쬐면서 읽네.

변방의 꽃

-남해 시편

겨울 꽃 피다 말고 저 수평선 여겨보는

겨울 꽃 지다 말고 저 수평선 지워보는

그 어름,
은발의 고뿔이여

적소 길, 볼수록 붉네.

꽃샘의 시간

뒷골목
익명의 꽃,
젓가락돈 움켜쥔 채

돌아서 눈물 깨물다 간힘 써 추스를 즈음

꽃샘에, 여우볕 붙안고
봄 흔드는
벼랑
꽃들.

고드름

시절, 갈수록 막막해 북 치듯 가슴 치다

붓 벼려, 노을 적셔
닳도록 긴 밤 지새다

급기야, 모지랑 되어
옥쇄 끝에
─눈뜨는
　봄!

들꽃 눈도장 1

굽잇길
들꽃들이
헤프게는 물론 아니고

무정 산천, 유정 산천, 눈 맑은 남루 가슴에

볼수록 이쁜 민낯으로
햐, 눈도장
찍나 보네.

들꽃 눈도장 2

떠돌이 가슴에 찍힌, 이름 접힌 꽃 몇 송이

떠돌이 가슴을 적신, 하늘 비친 마음 몇 잔

품속의
남루 맑히고,

해거름 허기 훔치고,

만월滿月 언저리

어슴막, 고니 일행이 동산 멀리 반짝인다

흰옷의 보부상이듯 활개 젓는, 잰걸음 놓는…

빙 둘러 사발통문 쓰려다
너무 환해
그냥
간다.

낙도 몽돌

적소謫所 머리맡에서 잠을 씻는 몽돌 군락

파도 품 들며 나며 온전히 몸들을 적셔…

밤 깊네, 맨살이 닳도록

첩첩 소리 경經 엮네.

꽃망울을 새기다

봄 전령傳令 잿마루 올라 어서어서! 손짓하고

산허리께 겨울 잔병殘兵 아서, 아서! 손사래다

저 망울, 두 느낌표 사이를

서성인다

봄 가렵다.

절벽

길 끊긴
산중에 들어
접힌 병풍 몇 폭 펼치네

허공이
만 년 동안
지나새나 공들인 역작力作

폭폭이
서늘한 일갈一喝
붉은 절명시 보네.

두 섬

두 적요寂寥, 오작교처럼 노둣돌로 다리 놓네

두 적요寂寥, 몸을 당겨, 서로의 생 꽉 붙잡아

저 동녘
새물 징 울리고픈,

만세萬歲 샅바 적시고픈.

감자꽃

-귀농

돌아온 세상의 묵밭, 길길이 쑥대 돋아

애면글면 일군 초록, 점점이 흰 꽃 피웠네

몸 굽혀
토옥 톡, 손보노니

—애야, 꽃은 잊거라, 잉?

월식

−사반골에서

불현듯
만월 맞으러
고요 딛고 동구에 선즉

해풍 고추 빛과 향에 웬 취기가 오르셨는지

동산 위
보검寶劍 짚은 달,
길을 묻고 있었네.

나목에 꽃이 피네
-오지의 새봄

겨우내 벼리던 빛살, 첩첩 설산 허위넘어

예서 제서 숨 고르며 나목 어혈 쪼고 있네

다시금
피톨이 돌아, 돌아

새 운韻 다는 저, 적요寂寥!

4부

복판을 새기다

복판을 새기다

변방
옛길 물들인
봄빛 잔치, 복판엔 꽃

변방
적소 적시는
소리 마당, 복판엔 새

사방에, 저녁 은사 시오리
복판은 쇠북
ㅡ둥근
  허공.

파적破寂

새벽 국지성 호우, 동구 연못 난타하네

목마른 그리움 군락
한식경 푸른 북소리…

새 아침
고요 깊이 세우는
둥근 보탑寶塔
몇 송이.

파안破顔 2
－나도 한번

생의 잿마루에서 들메끈을 고쳐 맨다

도반은 곧잘 홍소哄笑, 난 노상 적막이었지

서천西天가
환한 아름 꽃처럼

활짝! 파안하고 싶다.

곡진曲盡 2

-낙도 몽돌

샛개
외론 돌끼리
날마다 서로 붙안고

긴 수행 파도로 적신
한 생의
절차탁마切磋琢磨

오롯이
알로 거듭 태어난
아, 천추의
절,
차,
탁,
마.

초승달
-꿈의 배 한 척

아파트 동棟 사이가 다시 보니 돌리네*여

이물 고물 벼린 배가 어둠 절벽에 걸렸네

인증샷, 서둘다 본즉 헉,

절벽을 탄 겨… 이양선異樣船!

* 싱크홀, 낙수혈落水穴.

어패류 쉼터

조개가 손차양하고 먼 고향 그리고 있네

조개가 손나발 하고 제 권속 부르고 있네

온몸에
촘촘 새겨둔 바다,

사각 수평선에 갇힌….

겨울 사행천蛇行川

몸 낮춰 예는 길이 어찌 절로일까 보냐

곱곱이* 고행의 상처
몸을 틀고 추스르는,

긴 명줄
오체투지로 끌어
은빛 벌 긴 획을 긋는,

* '곱이곱이'의 준말.

저녁 노점
-눈길視線

멈추네,
가로등 밑
눈꽃 피는 좌판 위에

머무네,
떨이 훔치는
저 늙마의 손등 위에

머금네,
두 눈으로 머금네,
흰 눈 받는
붉은
아이.

금빛 묶음표

그믐날 새벽 무렵, 동산 위 실눈 하나

초사흘 저녁 무렵, 서산머리 실눈 하나

저 하늘
여닫는 역사役事

제 몸을 벼린, 서늘한….

삼삼하다

산머리 저 달 좀 봐
너댓새 저 달 좀 봐

그 품으로 안아주던
그 등으로 업어주던

내 유년
따듯한 눈썹달

저무는, 원촌리 고모!

장엄한 저녁

−만월!

저보게, 은발銀髮의 산들 어깨 맞댄 그 언저리

한 필지 갓밝이같이 물든 하늘, 하늘 좀 보게

그 뉘가 둥근 절寺을 세우나, 금빛 종소리⋯ 새물내!

피안행 彼岸行

다리 위
늙은 색안경,
긴 그림자 끌고 간다

죽장竹杖에 얹힌 생이
놀빛 점자點字 치며 간다

눈 감고 건너는 저 바다,
눈 감아도
환한
섬.

품속의 시

모습 아련할 때면 눈 감은즉 눈에 밟혀

음성 간절할 때는 귀 닫으매 귀에 잡혀

먼 뉘랑
맨발로 건넌 사계四季

─한 그루 그리움 저쪽.

겨울, 꽃 하나

섣달 베란다 한귀, 퇴행성 산형꽃차례

눈길 밖, 마음 너머, 피가 받아 저물더니

새 아침
새물로 찾아온

은빛 천지 홍일점.

봄, 비손

하마 봄, 봄이라니 제 길눈 좀 밝히시면…

꽃샘잎샘, 그래도 봄, 어둔 귀 좀 맑히시면…

성城 안팎
그루잠 환히 적셔

말꼭지* 떼게 하시면….

* 말의 첫마디.

밤, 나그네새 1

하늘 길, 고개 들어 피안의 '별 난장' 본다

별을 읽다 고개 숙여, 구름 걷고 바람숲 헤쳐

지상의
유채색 군락

−꿈꾸는 '빛 난장' 본다.

밤, 나그네새 2

먼 여울 머흔 항로 제여곰 사려놓은 채

자판에 행장行狀 치더니, 갯밭에 파종하더니

도요들,

야영 마쳤나

십자성 품고 길 뜨는.

밤, 나그네새 3

바람 탄 날개두레박 만 리 어둠 퍼내며

무시로 가녀린 울대 만 리 적막 적시며

하늘 길
별자리 빛나게

생을 들어 훔쳐내며.

보석별

아득한 은하계 우주 어느 별자리에는

초록빛 보석들이 지천인 보석별 있어,

아무튼

흙 한 줌, 풀 하나가

보석 몇 섬 값이라네.

5부

새 떼의 노을

새 떼의 노을

평화의 숲 새 떼가 고향을 뜨며 우짖었다

잠시 이 지상에 들어 다 함께 유숙하거늘

눈이 먼
저 아우성을 건너

하늘 끝 쪼는 새 떼여.

고요의 성채城砦

에움길이
잠적하자
들메신 숲을 더듬네

풀국새
길벗 삼아
물소리로 귀 훔치네

성채 앞 길섶지기가
길을 사려,
품는
평화!

오지奧地
-연어

흰곰이 물목에서 통행세를 받아 들고

북양北洋 파도를 벗겨 마지막 새참을 든다

북극곰
겨울잠 속에 갇힐

붉은 꿈, 여린 아우성!

술막터 살구나무

세상 봄
누리고픈
산지사방 비손인가

연둣빛
그 토종들
발돋움이, 만세 소리가…

겨우내
은결든 지킴이,
빈 골 활짝
빅뱅이니!

다시 들꽃

저 꽃들, 제철이라고 절로 절로 벙근다냐

뉘 앞에 말이 없대서 속엣말도 없을까 봐

변두리,
구슬땀 식은땀

내리 흘린 게 얼만데…

숨은눈 潛芽

허리 흰 잡목림 속 응달의 생 좀 보게

뒤늦은 날빛에도
눈시울 금세 적시고

기꺼이
꽃을 피우네
흠, 붐비는 풀무 소리….

갈포벽지

열치매,
사랑 아재가
쇠기침으로 도배한 벽

사랑 아재
먼 길 떠난 후
꼴머슴이 느끼던 벽

보게나, 세월이 쌓인 벽지,
칡꽃 송이
귀 맑히네.

섬진강 어귀

대처에 나가 살다 몸 성히 돌아오기를

은어들은 손 모으며 가을이면 몸을 푼다

자갈에
제 몸이 닳아, 닳아
등뼈만 남는다 해도….

해넘이 수평선

-갈매기

환한 제단 위에 고이 놓인 다홍 과물,

천하 진미일 테니 편좌하여 흠향하소서

휘얼휠, 양팔 부채질하는
소복素服의 소리—

어~ 머~ 니!

저무는 귀로

파장에서
싸목싸목
긴 그림자 끌고 오는

−함평천지
−쑥대머리
목 붉은 섶다리 건너니

조각달
청려장靑藜杖* 끝에 내려,
생의 발품
수결手決이네.

* 명아줏대로 만든 지팡이.

방울별
−빗방울

해오름 오솔길 옆 토란잎이 가슴 열어

새벽에 내린 은사恩賜, 참 오롯이 받들었네

풀물 든
소리의 성채城砦

−반짝이는 저, 방울별!

돌확

쩌응 쩡
석수 양반
밤꺼정 돌을 쪼는

혼신의 그 소리 모아
둥근 허공 만들더니

홀연히, 그예 단심丹心을 놓아
고목 가지에
걸린
조등弔燈.

곡비

뚝! 뚝!
이승 끝 슬픔
한 잎 한 잎 볼에 대고

목이 긴
곡소리 뿌려
골골 붉게 지피던 그녀

누운 채
먼 청산 가는 길
뒤따르며
우는 새.

세한에 군불 지피다

풍진세상 에돌아서 다시 만난 불의 둥지

검게 속 탄 은발 하나 눈발 속에 삼삼하다

저물녘

뚝뚝, 화라지* 군불

생의 오한 환히 적신다.

* 땔감으로 쓰이는 긴 나뭇가지.

비

-고요

허공에 둥지 튼 꿈망울들 몸을 던지매

어둑한 천 길 벼랑, 줄 잇는 낙화만 같네

고요는

내내 귀를 맑혀

품을 열고…, 붐비고…,

어떤 다비

-멸치

외딴섬
어둠에 핀
불꽃 예닐곱 송이

은빛
창생蒼生들
집단 다비 연일 붐벼

선착장
들레는 백마白馬,
황원荒原 한쪽이 환하다.

성城이여

생과 생, 그 사이의 억새밭에 기旗를 꽂고

땀, 눈물, 합이 만 섬, 쑤꾸기 울음도 만 섬

석삼년 붓고 다진 성… 풀벌레가 지킵니다.

별

별은 아예 모르리라, 제 몸이 그냥 별인 줄

꽃과 새, 푸른 벌레의 꿈인 줄도 모르리라

그래서
종일 속맘 다독여

저물면 몰리 나올 거야.

해돋이를 향하여

천지간
첩첩 어둠
탄도彈道처럼 내달아서

부상扶桑 쪽
하늘 징의
그 중심에 징채 날려

이 땅의
한뎃잠 찾아
금빛 소리로 적실거나.

잿골 저수지

-겨울밤 낚시

그 무슨 은빛 꿈이 발밑에 숨어 있는지

낙향 벙거지 하나
첩첩 고요를 깬다

배석陪席한
산들이 떠나고,
어둠 한 평이 환하다.

6부

벼룻길 단풍

벼룻길 단풍

한뎃잠
불꽃 한 그루
서늘히도 생을 매단

불잉걸 송이송이
여울여울
뉘 부르는

벼랑 끝
단심丹心 한 아름,
그냥 참한
지귀志鬼여!

호박꽃을 찾아서

−빈집을 살피다

한사코 돌담이 육탈 중인 유훈遺訓을 지켜

초록들 제 명줄 엮고 꽃도 피워 감싸더니

몸 바쳐

예물을 붙안은 채

기인 잠에 들었네.

저, 이슬은

유배 온
신神이 밤새
별빛 모아 빚은 소품

신이
등걸잠 든 아침
예서 제서 빛납니다

지상의
푸른 손이 받드는
작디작은 꿈입니다.

겨울 강

긴 얼음터널 지나며
접어둔 하늘을 펼쳐

해와 달과 별 하나
점정點睛하듯 그리다가

흰 들에
푸른 그리움 한 행
팽팽히 휘어 상감하는,

만추晩秋

고요의 현絃을 켜던 풀벌레들 안거 든 후

잎새들 허공에 남아
홍우紅雨 몇 잔 들이켜다

취한 듯
길을 찾고 있네
저 착지가 정토이리.

선비를 찾아

설산에 독야청청, 그 유택이 있다기에

허위단심 지름길로 깊은 적막 밟고 가자니

설해목雪害木
무순無順으로 누워
내 누추를 가로막네.

둑길

흰 길섶 마른 억새 제 울음을 쓸어내고

도열한 수양버들
하늬바람 거푸 쓸더니

턱수염
괴나리 그림자,
가만 얹히는 새물 봄빛.

분교가 있던 자리

-낙도에서

여선생 긴 모발을 첩첩 안개가 지우던 창窓

풍금은 멀리 떴으되, 그 동요 은은히 흘러

뼈 삭은
철문에 앉아
귀 세우는 동박새.

산이 그늘을

산이 제 슬하에 큰 그늘 내려 배웅하네

놀빛 물낯을 비비며 강물 멀리 배웅하네

그 슬하
갈 숲이 손 흔들매

나도 젖어 손 흔드네.

씨앗

땅속이 수행방인 듯, 겨울 안거에 들어

긴 어둠과 줄탁 끝에
비로소 눈을 뜬다

첫 하늘
눈에 잡히자
눈이 시려 들렌다.

여우볕
─호박꽃 가루받이

긴긴 빗발에 씻긴
초록 돌담
여우볕 드네

노란 꽃
시름을 낚는
내 붓끝, 가벼이 떠네

돌담 밖 수평선 당기며
둥근 꿈,
가부좌하리.

그리운 저쪽
─낙도일기

적소謫所 고목 하나가 먼 수평선 손짓하는,

천의 손,
두루마리를
거푸 당겨 펼치는,

저무는
파립破笠의 술잔에
메아리, 붉게 쌓이는.

겨울 발품

품속 구겨진 이력이 두 행의 점자點字를 치다

노숙을 털며 지우며 새 아침 운세運勢를 보다

숫눈길
일용할 희망 하나

새기는, 저 점자 문장.

갈대숲

긴 강변
장사진 지어
봉발蓬髮을 날리더니

다시 보니
그 민초들
배수진 치고 섰네

설한雪寒에
한목숨 걸고
지킬 꿈이 남은 게지.

아득한 강둑

-어떤 결별

맞대인 등과 등이 마주 본 채 걸어가네

점점 버는 두 상처 사이, 달이 돋아 오르고

제각기 젖은 앙가슴으로

달을 끄네,

흰 둑길.

빈집의 꽃

실비, 애볕이 번갈아
울 넘는 기척이더니

문득 시장기 들고
군침 그득해 입이 벌듯

못 참아
빈 뜰 봄망울
더는 못 참아 벙그는.

옹기여

세상 건너는 식솔食率, 만월처럼 떠받들고

오롯이 옹성甕城 되어 지나새나 감싸왔거늘,

저, 둥근
민무늬 사랑

살결에 볼 대고 싶네.

고니

투명 활주로 위
저 순백純白의
북국 길손

발바닥이 뜨거워
찰방찰방
뛰어가더니

저만치
내 열 살, 수제비 뜬 길—
그 길 끌고
오른다.

시적 긴장의 높은 품격과
품을수록 환한 생명의 무늬

이지엽 경기대학교 국어국문학과 교수

    송선영 시인의 단시조집에는 오랜 시간의 여적이 머물러 있다. 등단으로 시작하여 현재에 이르기까지 60여 년의 흔적이 배어 있기 때문이다. 일평생의 긴 시간이니 그 변화가 적지 않을 것이다. 그런데 이상한 것은 시인의 작품은 읽을수록 그 변화를 느끼기 힘들다는 점이다. 왜일까? 그것은 시인의 초기 작품도 허술한 구석이 없이 고품격을 지니고 있기 때문이다. 비교적 등단 초기의 작품도 밀도가 높고 그것은 시간이 흐를수록 더 견고하게 긴장감을 유지하고 있다. 그러니 이 단시조집에 실린 140편 어느 작품을 들고 보아도 틈이 보이지 않고 견실하다. 이 숨 막히는 팽팽한 긴장감이야말로 송선영 시인 단시조의 매력이 아닐 수 없다.

1. 고요, 품을수록 환한 생

송선영 시인 단시조의 기저 자질은 고요함이다. 모든 소란을 억누르는 인내의 과정이 묵언의 침묵으로 경건을 유지하고 있다. 마치 깊은 동안거에 들어 있는 수도승이나 모든 욕망을 끊어 잠재우며 진리의 길을 전진하는 사제의 정원과 같은 느낌을 준다.

산허리 오두막 한 채, 외눈부처 칩거 중인

덩굴손 섶이 되는
소리 경經 곳집 같은

그 행궁
숨은 불빛 한 소절
보쌈 중이네,
밤안개.
―「단발斷髮의 불빛」 전문

그 형상은 그렇기에 "산허리 오두막 한 채"이면서 "외눈부처 칩거 중"인 집으로 그려진다. "소리 경 곳집"이라는 것이다. "소리 경 곳집"은 어떤 집을 명명하는가. 경經은 경서經書와 무경巫經, 불경佛經을 말하는데, 여기서는 문맥상 불경이라 볼 수 있다. 불경은 불교의 교리를 밝혀놓은 전적典籍을 통틀어 이르는 말이다. 게송 중에 "스치는 소리 경"이 있다. 한 천신이 세존의 면전에서 이 게송을 읊었다. "한낮 정오의 시간에(정오에 이르자) / 새들마저 조용히 쉬고 있는데 / 광활한 숲 스치는 소리가 있어 / 저에게 두려움이 생겨납니다." 그러자 세존이 "한낮 정오의 시간에(정오에 이르자) / 새들마저 조용히 쉬고 있는데 / 광활한 숲 스치는 소리가 있어 / 나에게는 즐거움이 생겨나도다"라고 화답하였다. "광활한 숲 스치는" 소리 경에 한쪽은 두려움이 생기고 다른 한쪽은 즐거움이 생겨난다는 것이다. 외물이나 바깥의 현상에 상관없이 어떻게 마음을 먹느냐에 따라 두려움도 되고 즐거움도 된다는 것이다. 그렇다면 "소리 경 곳집"은 소리가 살아 있는 "덩굴손 섶"이라고 볼 수 있다. "소리 경"이라는 것은 소리가 신명을 타면 모든 것이 뚫려 하나가 되는 신묘한 경지를 말하는 것은 아닐까. 온몸의 기운이 살아도는 그 신명의 소리에 굽었던 허리도 꼿꼿이 서서 자유자재로 유연해져 열었다가 닫아내고, 맺었다가 풀어내는 가락에 따라 흔들리며 무아지경에 들 수 있는 법이니 소리로 인해 제 흥에 겨워 절정에 이르면 집(몸)은 막혔던 기혈이

뚫리고 가벼워질 수 있는 것이다. 한적하면서도 청량한 소리가 지배하는 공간으로 나타난다. 그러나 일견 딱딱해 보이고 각이 져 보이는 이 풍경을 시인은 그대로 두지 않는다. "밤안개"로 안온하게 감싸 안아주는 것이다. "숨은 불빛 한 소절 / 보쌈 중이네"라는 정겨움이 묻어나는 표현을 쓰면서도 "밤안개"를 후미에 배치하여 긴장감을 흐트러뜨리지 않는다.

첫눈 뜬 새내기 달이 껴안은 어둠 한 아름

날마다 마음 문 열어 그 어둠 쓰다듬나니

아무렴,
품을수록 환한 생

아, 할머니 묵언 한 행!
―「어둠을 품다―달」 전문

"밤안개"가 "숨은 불빛 한 소절"을 품는 것은 마치 달이 어둠을 품는 것과 같다. 시인은 이를 통해 "품을수록 환한 생"이라는 절구의 진술을 뽑아낸다. 그렇지 않던가. 상처 나고 못난 것을 품어줄수록 생은 더 아름답지 않던가. 시인은 이 과정을 통해 아무 말 하지 않고 품어주던 할머니의 "묵언 한 행!"을 생각한다. 그리고 이를 "날마다 마음 문 열어 그 어둠 쓰다듬"는 달의 마음에 비유하고 있는 것이다.

2. 흰 꽃과 초록이 붐비는 시간

고요함 가운데서 은밀하게 그 고요를 감싸며 미지의 예지력을 꿈꾸는 듯한 시인의 세계는 정중동의 변신을 꾀하며 움직이기 시작한다. 은폐되거나 유폐되지 않는 열린 공간을 지향하기 때문이다. 무엇보다 중요한 것은 이 움직임 가운데 미래를 담보하는 생명력이 움트고 있다는 사실이다.

입동 밤
이 길손이
손 거푸 모으는 시간

외고니,
만 리 하늘 길

발 모으고 헤쳐 오네

너와 나,
몸에 핀 성에꽃,
하 유정한 천지간.
— 「허연 합장合掌」 전문

　중장의 "외고니, / 만 리 하늘 길 / 발 모으고 헤쳐 오"는
것은 인고와 노력의 시간을 의미한다. 그러한 시간들이 모
여서 "성에꽃"이 피고 "하 유정한 천지간"이 된다. "성에
꽃"은 추위와 낯섦이 모여서 아름다운 무늬를 만든다. 하늘
과 땅을 잇는 그림이 된다. "유정"의 흐름이 이어지면서 핏
줄이 생기고, 생명력이 살아 숨 쉬는 공간이 된다.

　돌아온 세상의 묵밭, 길길이 쑥대 돋아

　애면글면 일군 초록, 점점이 흰 꽃 피웠네

　몸 굽혀
　토옥 톡, 손보노니

─애야, 꽃은 잊거라, 잉?

　　─「감자꽃─귀농」전문

　이 작품에서 생명은 "초록"과 "흰 꽃"으로 나타난다. 물론 이 환희는 "세상의 묵밭, 길길이 쑥대 돋"은 암담한 상황을 견디고서야 가능한 얘기다. "애면글면"은 부침하는 그간의 정황을 암시한다. 그런데 삶의 지혜는 그러한 꽃에 있는 것이 아니라 "애야, 꽃은 잊거라, 잉?"에서 암시되듯 열매에 있음을 보여준다. 낯익은 대화체가 정겹게 느껴진다. 열매는 후일을 기약하는 것이고 미래를 약속하는 증표가 된다. 생명의 실체를 더 중히 보는 삶의 지혜가 강한 여운을 남긴다.

　　허공에 둥지 튼 꿈망울들 몸을 던지매

　　어둑한 천 길 벼랑, 줄 잇는 낙화만 같네

　　고요는

　　내내 귀를 맑혀

품을 열고…, 붐비고…,
－「비－고요」전문

송선영 시인의 시적 구성은 각 장이 시간적 흐름을 가지
면서 스피드하게 장면을 넘기는 데 있다. 대부분 이러한 동
적 흐름을 갖고 있다. 그렇기에 고요는 고여 있는 상태로 정
지된 것이 아니라 시간의 역동성을 지닌다. 동적인 모습으
로 살아난다. 역동적인 삶의 모습은 종장 후구에서 아주 명
료하게 나타난다. "품을 열고…, 붐비고…,"는 쉼 없이 움직
이는 시적 대상의 특성을 잘 묘파하고 있는 표현이다.

한뎃잠
불꽃 한 그루
서늘히도 생을 매단

불잉걸 송이송이
여울여울
뉘 부르는

벼랑 끝
단심丹心 한 아름,

그냥 참한

지귀志鬼여!

－「벼룻길 단풍」 전문

　"벼룻길 단풍"은 "불잉걸 송이송이 / 여울여울"의 뜨거움
으로 살아 숨 쉬는 존재며 "지귀"의 "단심"으로 생생하게 살
아 존재한다. 거지 신분임에도 선덕여왕을 사랑한 지귀는
극한의 열렬한 사랑을 표징하는 대표적 존재로 시에 많이
등장한다. 초장의 "한뎃잠 / 불꽃 한 그루 / 서늘히도 생을
매"달았다는 표현은 단풍의 이미지임과 동시에 천한 지귀
의 모습을 형상화한 중의적 표현이다. 이 중의적 표현은 종
장의 후구 "지귀"라는 이름이 나올 때까지 계속된다. 낙목
한천의 소멸에서도 "불잉걸 송이송이 / 여울여울"한 동적
이미지를 구현해내는 시인의 시각은 늘 미래의 예지를 중시
하는 시적 자세와 밀접하게 관련되고 있다고 볼 수 있다.

3. 이별과 소멸, 그리고 죽음 이미지

　맞대인 등과 등이 마주 본 채 걸어가네

점점 버는 두 상처 사이, 달이 돋아 오르고

제각기 젖은 앙가슴으로

달을 끄네,

흰 둑길.
　―「아득한 강둑―어떤 결별」전문

마치 영화의 마지막 한 장면처럼 느껴지는 이 작품은 아득한 강둑에서 이별하는 모습을 형상화하고 있다. 이 아픔의 시간은 서로에게 상처만 남기는 인고의 시간이다. 그러나 사금파리 같은 이 쓰라림의 순간을 시인은 달이 돋아 오르는 것으로 치유하고 있다. 상처지만 그것은 돋아 오르는 달로 인해 둥글어지고 "흰 둑길"이 된다.

평화의 숲 새 떼가 고향을 뜨며 우짖었다

잠시 이 지상에 들어 다 함께 유숙하거늘

눈이 먼

저 아우성을 건너

하늘 끝 쪼는 새 떼여.
　─「새 떼의 노을」전문

찌웅 쩡
석수 양반
밤꺼정 돌을 쪼는

혼신의 그 소리 모아
둥근 허공 만들더니

홀연히, 그예 단심丹心을 놓아
고목 가지에
걸린
조등弔燈.
　─「돌확」전문

　돌조각을 하는 사람의 죽음 이미지를 잘 포착하여 잡아
내고 있다. 낮잡아 이르는 '석수장이'가 아니라 "석수 양반"
으로 본 것부터가 시적 대상에 대한 예의를 보여준다. 석수 양반은 단순히 돌을 쪼는 사람이 아닌 "혼신의 그 소리 모아 / 둥근 허공"을 만들어내는 혼의 예술가였다는 것이다. 이 "둥근 허공"이 "돌확"일 것이고 "단심"일 것이다. 그것이 이제는 "고목 가지에 / 걸린 / 조등"이 되었다는 것이니 "둥근 허공"과 "조등"은 결국 같은 이미지의 연장이라고 볼 수 있다. 전자가 오랫동안 지속되어온 시간적 이미지의 결과물이고 청각적 이미지를 바탕으로 하고 있다면, 후자는 다분히 지금의 현실로 드러난 시각적 이미지다.

뚝! 뚝!
이승 끝 슬픔
한 잎 한 잎 볼에 대고

목이 긴
곡소리 뿌려
골골 붉게 지피던 그녀

누운 채
먼 청산 가는 길
뒤따르며
우는 새.

－「곡비」전문

곡비哭婢는 장례葬禮 때에 곡성哭聲이 끊어지지 않도록 곡哭을 하는 비자婢子를 말한다. 대개 왕실의 국장國葬인 경우 궁인宮人을, 사대부의 경우 비婢를 시켰으나 여의치 않을 때는 민가의 여자를 고용하기도 하였다. 여기서는 마지막의 경우로 보인다. 그녀는 곡비이면서 "목이 긴 / 곡소리 뿌려 / 골골 붉게 지피던"에서 보듯 단풍 든 낙엽으로 볼 수 있으며 종장 또한 이와 유사한 이미지로 유추 해석할 수 있다. 그렇게 볼 경우라도 이별과 소멸, 그리고 죽음 이미지를 그려내고 있는 것이라 보는 것에는 무리가 없어 보인다.

외딴섬
어둠에 핀
불꽃 예닐곱 송이

은빛
창생蒼生들
집단 다비 연일 붐벼

선착장

들레는 백마白馬,

황원荒原 한쪽이 환하다.

―「어떤 다비―멸치」전문

죽음은 모든 것의 마지막이지만 그것으로 종결되는 것은 아니다. 죽음 이후의 생을 어떻게 갈무리하느냐 하는 것도 중요하다. 시인은 단순히 죽음을 모든 것의 끝으로 생각하지 않는다. 시인은 마침내 죽음에서 환한 열락의 상황을 연출한다. "들레는 백마, / 황원 한쪽이 환하다"라는 표현은 이를 설명해주기에 충분하다. 백마는 "은빛 / 창생들"을 이어받는다. 죽음 이후 "황원 한쪽"을 환하게 밝힌다는 것은 죽어서도 아름답고 거룩한 생임을 암시한다. 멸치가 결국 인간의 몸을 위해 보시하듯 "황원 한쪽"이 환할 죽음을 시인은 생각하고 있는 것이다.

4. 단시조의 새로운 활로―극서정시極/劇抒情詩

송선영 시인의 작품들은 극서정시極/劇抒情詩의 모습을 보여주고 있다. 極抒情詩는 최동호 교수에 의하여, 劇抒情詩는 황동규 교수에 의하여 주장되었다. 전자는 디지털시

156

대 젊은 시인들의 과다한 시적 수사의 양식 과잉에 대해 서정시 본연의 길을 가야 한다는 것을 주장한 것으로 단형의 명징성을 극대화한 시라고 말할 수 있다.(최동호, 「극서정시의 기원과 소통」) 후자는 민중시의 시대 그리고 서사시의 시대에 대응하는 서정시를 규정한 것으로 간결한 서정성을 바탕으로 하면서도 시의 말미에서 극적 처리를 하는 특징을 가지고 있는 시를 말한다. 전자는 2010년 이후에 후자는 1980년대 이후에 강조되었지만 두 교수가 얘기하는 실제적 창작은 이미 오래전부터 송선영 시인의 작품에서 실현되고 있었다고 볼 수 있다. 송 시인의 작품에서는 이미 등단 초기부터 이러한 성향이 지배적으로 나타나고 있는 것이다.

한껏 고민하고선 물 건너 봄 톺아 온다

무채색 성채 향해 봄 짐짓 유화책有和策이다

몸 낮춰, 제 품속 온유로

경혈經穴 살피며,

훔치며,
- 「풀뿌리의 봄」전문

경經처럼 품은 은사恩賜, 청산 고요 한 아름

도회 속 내 작은 보루堡壘, 소리황사 자욱하이

어둔 귀,
어쩌면 좋아?

귀 훔치러 청산 갈 겨!
- 「청산을 새기다」전문

　두 작품에 공통적으로 드러나는 '훔치다'라는 시적 사유는 작품의 흐름에 견주어볼 때 상당히 도발적이다. 이 의외성은 시의 단순한 흐름을 급박하게 이끄는 동시에 긴장감을 느끼게 한다. 시의 구성으로 보면

　초장-起
　중장-承
　종장 전구前句-結

종장 후구後句 - 轉

 4단의 정형 구성을 취하면서 전轉 부분이 마지막에서 시
도되고 있음이 주목된다. 이 점이 劇抒情詩가 추구하는 종
결 부분의 극적 반전과 매우 유사하다. 「풀뿌리의 봄」에서
봄이 오는 모습을 "경혈 살피며"로 본 것까지는 무난하다.
그 이후에 "훔치며" 온다는 것은 앞의 조신한 것과는 반대
되는 낯선 개념이다. 「청산을 새기다」에서 "소리황사"가 자
욱하여 잘 안 들리는 답답한 심경을 "어둔 귀, / 어쩌면 좋
아?" 자문하다가 "귀 훔치러 청산 갈 겨!"라고 돌연 얘기하
는 것은 도둑질이라도 해 와서 맑게 헹구고 싶다는 강한 열
망을 표출한 반어적 표현이라고 볼 수 있다.

 시절, 갈수록 막막해 북 치듯 가슴 치다

 붓 벼려, 노을 적셔
 닳도록 긴 밤 지새다

 급기야, 모지랑 되어
 옥쇄 끝에
 ─눈뜨는

봄!
　−「고드름」 전문

봄 전령傳令 잿마루 올라 어서어서! 손짓하고

산허리께 겨울 잔병殘兵 아서, 아서! 손사래다

저 망울, 두 느낌표 사이를

서성인다

몸 가렵다.
　−「꽃망울을 새기다」 전문

　「고드름」에서는 고드름이 생겨나기 전의 막막한 심경을 초장에서, 그리고 밤사이 고드름이 만들어지는 과정을 중장에서 보여주고 있다. 그리고 그것이 "모지랑 되어 / 옥쇄 끝에" 맺힘을 그려내고 있다. 그런데 마지막 구 "눈뜨는 / 봄!"으로 시적 대상의 외연을 일시에 확 넓힌다. '눈뜨다'라는 사실과 고드름의 투명한 수정체가 하나로 어우러져 시적 효과를 극대화하고 있다.

「꽃망울을 새기다」의 종장 후구後句에서 "서성인다"와 "몸 가렵다"의 간극은 상당히 넓다. 상이한 사고가 연이어 등장하면서 독자들의 시적 상상력을 무한대로 넓혀준다. 전이轉移, transference의 급박한 흐름을 통해 시적 긴장을 유발하고 있다. 봄이 오는 들녘의 "어서어서!"와 "아서, 아서!" 사이가 머뭇거려지면서도 이미 와버렸는지 몸까지 가려워지는 느낌이라는 것이다. 둘 사이의 불일치와 어긋남만큼이나 현대는 간단치 않음을 내포하고 있는 표현이라고 볼 수 있다.

사방에, 저녁 은사 시오리 / 복판은 쇠북 / −둥근 / 허공.(「복판을 새기다」)

동구 앞, 붙박이 길잡이 / 마중 눈빛, / 목이 흰,(「종점 부근−막차」)

빛살에 몸 적시는 순간 // 아, 푸른 절벽의 // 낙화! (「은빛 유선형의 꿈−뒷강에서」)

온종일 / 웬 식탐食貪인가 // 저 도래솔⋯, 갱유坑儒 같은.(「안산案山이 붉다−굴착의 계절」)

보행길, / 하지정맥류下肢靜脈瘤 // 전천후 시위, 오늘도!(「길섶나무 시위示威」)

「복판을 새기다」에서는 변방이어도 "복판엔 꽃" "복판엔 새"가 있는데 저녁이 오는 하늘 복판에는 "-둥근 / 허공"이 있음을 얘기하고 「종점 부근-막차」에서는 "일용직 두 불혹 붉게 젖어 낙엽 딛고" 귀가하기를 기다리는 심경을 "목이 휜"이라고 응축하여 표현하고 있다. 「은빛 유선형의 꿈-뒷 강에서」에서는 꽃이 떨어지는 찰나를 인상적으로 그리고 있고, 「안산이 붉다-굴착의 계절」와 「길섶나무 시위」는 오염이나 환경 파괴로 힘든 자연의 모습을 간명한 요체를 핀셋으로 집어내듯 묘사하고 있다.

이 표현들을 통해 확인할 수 있듯 송선영 시인의 작품은 고도의 긴장감을 유지한다는 점이 바로 큰 특징이라고 할 수 있는데 이를 통해 시도되는 극서정시極/劇抒情詩는 21세기 우리 시학의 중요한 형식이자 담론이 될 수 있다고 생각한다. 아울러 앞으로 점점 비중이 높아질 영상매체와 공존할 수 있는 아주 유효한 문학 양식이라는 점에서 주목이 된다고 하겠다.

우리는 지금까지 송선영 시인의 단시조 기저 자질이 고요이며, 품을수록 환한 생을 담고 있음을 살폈다. 시인의 작품은 고요함 가운데서 미지의 예지력을 꿈꾸며 정중동의 변신을 꾀한다. 열린 공간을 지향하며 새로운 세계를 열어

가는 생명력이 움트고 있다. 그런가 하면 긴 연륜의 결실이 무르녹아 육화된 서정의 부드러운 경지를 만들어낸다. 이별과 소멸, 그리고 죽음 이미지가 바로 그것이라고 할 수 있다. 이 모든 시인의 작품들은 극서정시極/劇抒情詩의 성격을 지니고 있다. 현대사회가 다변화되고 복잡해질수록 사람들은 더욱더 편리하고 간명한 시적 정서를 요구할 것이다. 극서정시는 이를 대변해줄 하나의 좋은 대안이 될 수 있을 것이다.